네 이름을 불러주마

최영환 시집

시원
도서출판

코로나19가 시작된 지 어언 3년
어둡고 무거웠던 긴 터널을 지나 희망의 새봄이 찾아왔
습니다.
겨울은 반드시 봄이 된다는 믿음을 잃지 않으니
모두가 기대하는 즐거운 일상이 눈앞에 다가온 듯합니다.

늦은 시기에 시작한 글쓰기에 재미를 붙여 앞뒤도 모르
고 생각나는 것들을 적어보다가 몇 편을 엮어 보니
뿌듯함보다 부끄러움이 앞섭니다.
아름다운 자연과 일상의 진솔함을 담담히 표현해 보고
픈 마음은 앞섰으나 일천한 생각과 표현력의 부족으로
서툴기 짝이 없습니다.
하지만 마음은 늘 밝고 아름다운 사회를 꿈꾸며
따뜻한 희망의 메시지를 주는 작은 등불이라도
되었으면 하는 바램으로 엮어보았습니다.

2022년 새봄을 맞이하며
최 영 환

차례

시인의 말 · 3

제 1 부 __ 새봄의 노크

011 _ 당신이 오시면

012 _ 새봄의 노크

013 _ 네 이름을 불러주마

014 _ 그가 찾아 오면

015 _ 시클라멘의 세레나데

016 _ 여름 교향곡

017 _ 입추

018 _ 처서를 보내며

019 _ 백로

020 _ 시월바람은 색깔도 다르다

021 _ 가을 그리움

022 _ 가을빛 내리기 전에

024 _ 비에 젖은 낙엽

025 _ 깊어가는 가을

026 _ 겨울채비

제 2 부 __ 사랑은

029 _ 일회용 컵

030 _ 카톡

031 _ 사랑은

032 _ 별이 반짝입니다

033 _ 소주 두 병

034 _ 용서

035 _ 시를 쓰는 마음은

036 _ 숯가마

037 _ 왜 몰랐던가

038 _ 까까머리

040 _ 간이역

041 _ 뚫어! 뚫어!

042 _ 공부 시간

044 _ 혼밥

045 _ 몽롱한 밤

046 _ 자연의 이치

차례

제 3 부 __ 그대는

049 _ 여행 길

050 _ 난실 향

051 _ 감꽃

052 _ 여름휴가

054 _ 하얀 장미

056 _ 나팔꽃 연서

057 _ 산다는 게 얼마나 좋은지

058 _ 햇살

059 _ 아카시아 향연

060 _ 우지마라 두견새야

061 _ 그대는

062 _ 억새풀 연가

063 _ 지평선

064 _ 아직 멀었습니다

065 _ 통통배의 꿀잠

066 _ 금계화

제4부 __ 한가위 선물

069 _ 석 줄의 편지

070 _ 이제서야 압니다

071 _ 어머니

072 _ 한가위 선물

073 _ 형수의 뒷바라지

074 _ 산이 내려앉았다

076 _ 엄마표 보양식

077 _ 못 전한 인사

078 _ 삼대 이야기

079 _ 뒷담화

080 _ 대나무 숲 이야기

082 _ 수소 풍선

083 _ 설익은 낙엽

084 _ 사랑이 머물던 곳

086 _ 주례사

087 _ 내 몸의 옹이

088 _ 게으른 농부

차례

제5부 __ 아담의 후예들

091 _ 흐린 날에는 창을 닦는다
092 _ 순진한 친구
093 _ 아담의 후예들
094 _ 우리의 자화상
095 _ 해
096 _ 아름다운 손길
097 _ 연등 피어오르다
098 _ 미처 몰랐습니다
099 _ 저승사자
100 _ 천 길 낭떠러지
101 _ 제 각각
102 _ 커피 천국
103 _ 언제쯤
104 _ 가난하지 않다
105 _ 아직 청춘이지
106 _ 그곳에 가면
107 _ 오월의 나무
108 _ 등대

해설 · 김송배 / 109
　「스토리텔링 시법으로 탐색하는 인생의 진실」

제 1 부

새봄의 노크

당신이 오시면

잔설 남은 계곡에
복수 꽃 얼굴을 내밀고
얼음장 녹은 물
산골짜기를 깨웁니다.

화톳불 쬐며
뽑혀가길 기다리던 일꾼들
어깨를 펴고 외투를 벗습니다

앙상한 가지 펼쳐
세찬 겨울바람 지켜내던
은행나무 아래로
재잘거리는 아이들 웃음소리 들려옵니다

머리끝 세포도 잠을 깨어
텔로미어에 불이 들어오면
희망과 꿈이 기지개를 켭니다

새봄의 노크

지난 겨울은 최강 한파였다
모스크바 보다 더 춥다는 일기예보
북극의 찬 공기 둑 터져 내려와
한강도 바닷물도 얼게 하였다

북방산개구리도 지독한 추위 피하느라
산란을 한 달이나 늦추며 버티었다

무쇠덩이 보다 강하던 동장군
우수 경칩을 지나니
그 힘도 무디어져 버렸다
겨울은 반드시 봄이 되는 믿음을
저버리지 않으니

코끝을 스치던 칼바람도
목덜미를 간지럽히는 봄바람으로 돌아왔다

새내기의 경쾌한 하이힐 굽 소리
봄의 노크 되어
아지랑이 피어 올린다

네 이름을 불러주마

늦봄의 기운에
핑크 빛으로 꽃불 붙은 황매산
형형색색의 등산복과 어우러졌다

배고픈 시절
참꽃을 따 먹느라 산을 헤매다가
주홍 글씨 자국으로 보라색 입술을 남겼고
너는 먹을 수 없는 개꽃이 되었다
겨울엔 불쏘시개가 되어
몸뚱아리가 잘리고 천시받던 나날들
속이 다 타 텅 비었겠지
꽃잎이 저리 붉게 물들자면
얼마나 피눈물을 흘렸을까

전국 곳곳에서 벌어지는 철쭉 축제
축하한다 철쭉아
이제야 네 이름을 불러준다

너는 폰 속의 주인공으로 돌아왔다

그가 찾아 오면

회색빛 들판이 연두색 자락을 깔면
봄기운 감도는 밭이랑
농부의 발길 재촉하고

북풍만 맞이하던 나뭇가지
새벽 안갯속 햇살 받아
노랑 빨강 분홍빛으로 치장을 한다

그가 찾아오면
아지랑이 따라 나온 아가 걸음
잔디밭 오색풍선 잡으려고 키가 쑥쑥

웅크려있던 연못 속 금붕어
겨울 아가미에
봄기운을 마신다

14

시클라멘의 세레나데

새봄 베란다에
화려한 무도회가 열렸다

사랑에 그리운 이들에게는
초록 하트의 사랑 메시지를
바람에 흔들리는 이들에게는
붉은 선혈의 기둥이 되어 주고
그늘진 얼굴엔
사뿐히 내려앉은 빨간 나비 한 마리
여인네의 소맷자락 되어
춤의 매료에 빠진다

겨우내
수줍음에 다소곳하더니
아지랑이 타고 와
이렇게 뜨거운
봄의 세레나데를 부를 줄이야

여름 교향곡

쏴아, 청년의 기세로 쏟아지는 소나기
두두둑 두두둑 처마 끝
목관악기 두드릴 때면
심술부린 먹구름 폭풍우로 돌변했다

번쩍이는 불빛에
우르르 쾅쾅 강약 박자에
귀가 찢어지는 대형 심벌즈 소리
바순 연주의 계곡물 소리
수숫대 부딪치는 현악연주와
연못에 떨어지는 장대비의 스타카토는
폭풍 교향곡의 클라이맥스였다

수양버들 흔들어 먹구름 쓸어내자
하늘 문 열리어 난장 터 만들었고
매미의 합창소리에
미루나무 조막손은 날갯짓 하고
해바라기는 상모 돌리며 화답을 한다

입추

가을에 들어서는 신호가 왔다

삼십 오륙도를 넘나드는 뙤약볕에서는
축 늘어져만 있더니
알람시계 소리를 들었나
마지막 태풍의
부산한 몸부림에 잠을 깨었나
부스스 눈을 뜨고 자리에 일어섰다

깊은 숲속에 숨어 지내던
능선 따라 미끄러지는 서늘한 바람에
젊음을 자랑하던 청록의 느티나무
황급히 변검 공연 채비에 들어서고
신나게 울어대던 매미소리 잦아들자
빳빳하던 벼도 고개를 숙이며
가을을 세우고 있다

처서를 보내며

귀뚜라미 등에 탄
가을의 서늘함이
문지방 아래로 찾아 들 때면
새털구름 바람에 얹혀온다

꽃잎 떨군 제라늄
누렇게 묻은 때
벗을 채비를 하고
평상 위에 널린
붉은 고추 젓는 할머니
코스모스 인사에
자꾸 눈길이 간다

옥상 빨랫줄을
다 차지한 홑이불은
마지막 발레공연에
정신이 없다

백로

소나기 줄기 폭풍의 회오리도
코스모스 향기에 길 내어주고
긴 가뭄의 땀방울 모아
찬 이슬 되어 풀잎에 내려앉았다

숲속의 합창을 주름잡던 말매미
고향 찾아 떠나고
쓰르람 쓰르람 쓰름매미
긴 호흡 가다듬어 마지막 메아리 남긴다

흰구름 타고 나온
반달 하나
기러기 맞을 채비 나서고

버들치 숨바꼭질 지켜보던 백로
푸드득
남쪽을 향한 날갯짓에
물결 일렁이며
직지천 이별연습 들어간다

시월바람은 색깔도 다르다

황금물결 사이로 일렁이는 시월바람
태풍 씻겨간 하늘에 산뜻한 물감 풀어놓자
목을 뺀 코스모스
상모 춤으로 흥을 돋군다

화려한 축제의 열기에 웃통 벗은 애드벌룬
밤 대추 땅콩도 허물을 벗었고
불꽃놀이 그늘로 스며든
한밤의 싸늘한 기운
광대놀이도 잠을 청한다

뒷마당의 텅 빈 광에선
귀뚜라미 찌르레기의
혼을 사르는 마지막 콘서트가 열리고

솔바람에 실려 온
송이 향에 취한 황악산
불타는 저녁놀 되어
능선 아래로 내려오고
흰머리 풀어재낀 억새풀
온 몸으로 환영한다

가을 그리움

쪽빛 하늘을 흰구름이 수놓으면
가슴속 아지랑이는
그리움으로 밀려옵니다

국화 향기에 취한 고추잠자리
갈 길을 잃었는지
빙글빙글 돌기만 합니다

석양이 지고 어둠이 깔리면
언제부터인가 나는
당신의 품속에 잠겨 있습니다

낙엽을 맞이하려는 날
유리창을 내리치는 가을비에
울적한 마음 내맡겨
응어리진 가슴 흠뻑 씻어 내립니다

가을빛 내리기 전에

채마밭 노랑나비 잡으려던 아기
어느덧
한 마리 호랑나비 되어
가을빛 내리기 전에
길을 나섭니다

바쁘다는 핑계로
눈길 한 번 주지 않았던
하늘거리는 갈대에게
살며시 다가가
입맞춤해주렵니다

긴 세월
씨앗 틔우고 꽃 피워 주었던
흙 따스함 비바람 구름을
소중한 그릇에
고이고이 간직하렵니다

귀뚜라미 합창 울리고
꿀벌 그윽한 향연 벌어질 때
쑥부쟁이 개미취 구절초의 얼굴에
황금 꽃가루 뿌려주며

미소를 보내렵니다

별빛 쏟아지는 밤에는
길잡이가 되어 주었던
사랑하는 이들의 이름을 불러내어
영롱한 별의 가슴에 새기렵니다

비에 젖은 낙엽

싸늘한 시월의 아침공기
간밤의 숙취도 날려 보낼 만큼
상쾌하고 차갑다
코끝을 스치는 바람소리
겨울을 재촉하는
심상치 않은 새벽길이다

노랑 분홍꽃을 피우며 화려함을 뽐내던
국화 쑥부쟁이 고개 떨구자
고고한 자태를 자랑하는 두루미도
허허로운 들판을 기웃거린다

알록달록 자랑하던 단풍잎
어젯밤 내린 비에
가로수 아래쪽 몇 개만 남긴 채
다 떨어졌다
찬바람 불어도 쓸려가지 못하고
밟혀지는 모습 애처롭다

나도 비에 젖은 낙엽 될까 두렵다

깊어가는 가을

스산한 바람에 박주가리도 여행 떠나고
기운차게 서있던 고춧대도
지난 밤 무서리에 녹초가 되었다

감나무 꼭대기 까치밥은
어느새 꼭지가 드러나고
기력이 쇠잔한 여치 한 마리
허수아비 어깨에서 졸고 있다

문풍지 끝에서 가을 소리 떨고 있을 때
눈썹달도 애처로이 가슴앓이 하고
댓돌 아래 나뒹구는 낙엽 한 장은
귀뚜라미 연가를 부추긴다

덥다고 걷어 올렸던 아이의 소맷자락
펴진지 오랜데도 또 끌어 내리고
가을 등짐 내려놓은 할아버지의 거친 숨소리
고향 찾는 기러기떼 촉수되어 맞이한다

겨울채비

훈훈하던 남풍
한두 번의 돌개바람으로 북풍이 되었다

팔랑팔랑 나비처럼 떨어지던 은행잎도
휴지조각과 함께 한꺼번에 거리로 쏟아져 나왔다

사거리 모퉁이에
조용히 두 팔 벌리고 서 있던 현수막도
자기를 봐달라고 덜컹덜컹 온몸으로 소리 지른다

휑하던 들판에서 초록빛 자랑하던 무 채소도
발그레한 미소 지으며 김장독으로 제 몸을 감춘다

혹여, 감기 들새라
엄마는 아기 포대위에 덮개 하나 더 씌어주고
코트 깃 세우고
종종 걸음으로 퇴근하는 아버지 사랑에
호빵 김이 방안 가득 피어 난다

제2부

사랑은

일회용 컵

얼마나 긴 세월을 이겨내고
먼 여행을 하여
많은 이들의 관심 속에
한 모금을 위해 탄생하였다

이레 밖에 못산다는 매미도
하루만 산다는 하루살이도 있지만
한 번의 목축임에 내 인생 걸었다

혹여 두 번 쓰는 할머니도 있지만
그건 너무 욕심일 게다

번쩍이는 좌석은 언감생심
따뜻한 커피 한 잔에
홍조 번지는 모습에
난 일회용 컵이란 것도 잊어버린다

첫 키스의 여운이 가시기도 전에
휴지통으로 던져지는 운명이지만
커피 한 잔에 목숨을 건 이
누가 있더냐

카톡

뭐하세요? 카톡
운동하러 나오세요 카톡
회원들에게 문자를 날린다

SNS에 빠진 아이들
걱정하던 어른들이
어느새
아이들을 따라가고 있다

농장의 공기가 시원합니다
바람 쐬러 오세요
따뜻한 커피 한 잔 해요

휴대폰에 빠져버린 동공
사랑의 SNS에
빗장 열리자
떠들썩한 웃음소리 가득해 진다

사랑은

사랑은

그리움입니다
마음 깊이 간직하고 있으니까요

눈물의 씨앗입니다
아픔이 늘 감추어 있으니까요

사랑은 무슨 개뿔
제 하기에 달렸는걸요

내리사랑입니다
무조건 주고 싶으니까요

사랑은 믿음입니다
가만히 제자리에 있으면 되니까요

별이 반짝입니다

맥문동 꽃잎에 맺힌
지난밤 이슬
영롱하게 가슴속에서 빛을 발하고

석양에 물든 단풍
어둠의 그림자 향해
홍조를 띠웁니다

국화 향을 그리워하는 코스모스
무서리 맞으며
감기 들 것도 잊고
이별의 세레나데 부릅니다

백로가 떠나기 전
벗어야 할 허물을
눈치 채지 못한 기러기
귀뚜리 소리에 서성이고 있습니다

가을밤에는
별이 반짝입니다
타다 남은 마지막 등불이

소주 두 병

반가운 친구와 마주 앉았다

"오늘은 한 병 만이다"

반갑다는 첫 잔에는
쓴 표정이더니
"위하여~ 위하여~"
경쾌한 잔 부딪치는 소리에
쓴 맛은 단맛으로 바뀌었다

넉넉한 줄 알았더니
어느새
"오늘은 두 병이다"

친구가 좋아 밤이 좋아

용서

어린 시절
청소하다가 주운 새 연필 슬쩍 가진 적 있었고
시골 담벼락에 손 닿은 감홍시를 따먹은 적 있었고
새벽 등굣길 빨간 신호등일 때 뛰어간 적도 있었다

젊은 시절
월급봉투 명세서 고쳐본 적 있었고
술이 거나했을 때 전봇대 향해 실례한 적 있었고
길가는 예쁜 여인 곁눈질로 훔쳐본 적 있었다

살면서
잘못이 없이
허물이 없이
아리랑 고갯길을 넘어보지 않은 사람 어디 있으랴

석양을 화려하게 물들이려는 꽃이면
다 용서가 되지 않겠는가

시를 쓰는 마음은

아름답습니다
향기가 납니다
청춘입니다

비록
웃을 일이 없더라도
아름다운 것을 보지 못했더라도
나를 힘들게 하는 사람이 있더라도
아름다운 내 마음을 묵혀두지 마세요

시를 쓸 때는
아름답고
향기가 나고
깨끗한 마음이 되어
꿈의 여행을 합니다

시간이 바쁘고
즐거운 일이 없더라도
한 줄이라도
시를 쓰는 마음은 행복합니다

숯가마

황토로 쌓아올린 움막 같은 숯가마
저온방 중온방 고온방 입구는 담요로 가려져 있고
방안엔 숯 기운과 사람의 열기로 숨이 막힌다

고온방엔 담요로 온 몸을 감싼 장승이 서 있고
중온방엔 엇 뜨거워 소리에 서너 명이 웅크리고 있고
저온방엔 도란도란 이야기 소리에 삼삼오오 찾아들고
널브러져 누운 바깥 평상에는 모두가 흐뭇한 모습

농사일로 지친 몸과 생활 속 스트레스
불어나는 뱃살과 침침해지는 눈
황토벽을 마주한 가부좌는
사미승을 향한 정진하는 행자의 땀방울이다

숯가마 속에선
함께 원적외선을 들여 마시고
뜨거운 열기를 땀구멍으로 내뿜고
고구마 굽는 냄새도 한통속이다

숯가마에 거는 기대는 매한가지

왜 몰랐던가

객기 부리며 신나게 뛰놀다
한숨 자고 났더니
눈꺼풀은 쳐져있고
머리엔 흰 서리가 내렸다
귀에서는 매미소리 울리고
눈은 흐릿하여
깨알 같은 글씨는 건너뛰어졌다

내 몸 건사하기 바쁜 시기
먼데까지 볼 것 없이
눈앞의 일이나 잘 돌보라는 뜻일 게지
잡다한 세상소리 다 들어
정신이 혼미하지 않도록
큰소리만 들어도 충분하다는 것일 게지
높은 곳을 향하여 쏘다니던 버릇
아직도 유효한 줄 아는 어리석음
무릎이 시큰거려봐야 알게 됨을

올해도 새잎이 돋아나는 감천의 수양버들
바람이 불면 부는 대로 흔들리고
비가 오면 오는 대로 흠뻑 맞는 그 모습
일곱 고개에 다다르자 눈에 들어오네

까까머리

반세기만의 만남
알아 볼 얼굴이 몇이나 될까
궁금증과 설렘의 마음으로
관광버스가 기다리는 곳을 향했다

사방을 두리번거리는 친구
누군지 알 수가 없다
"니 누고?"
"나 ○○○이다"
악수하고 얼싸안고 난리가 났다

청장년의 긴 세월에 씻겨 나가고
어렴풋이 남아있는 눈가의 여운에서
앨범 속 까까머리 옛 친구를 찾기에는
많은 필름을 돌려야 했다

사막의 건설 현장에서
날밤을 지새우던 무역과 금융시장
동량재를 키우는 교육 요람에서
승리의 훈장을 새기고
47년 만에 고교 반창회로 돌아왔다

인고의 바람에 머리숱이 날아가고
배가 불뚝 나와도
마음은
아직도 까까머리였다

간이역

파릇한 새 잎을 향해 출발한 여행
구름 속 동화의 나라에 들렀다가
갈매기 만나 백사장에서 잡기놀이 하고
메타세쿼이아의 숲길에 이르러
피톤치드에 흠뻑 젖기도 했다

들국화 향기에 취한
풀여치 졸고 있는 간이역
인기척조차 사라지자
지그시 눈 감겨 의자에 안겼다

잔잔한 레일소리 따라
왁자지껄 손님 밀려와 숨쉬기 힘들다
땅콩 계란이 왔습니다
코앞을 지나는 소쿠리에
허기진 학생은 침만 꼴깍 삼킨다

황갈색 노을에 다다른 고추잠자리
세찬 바람 이기느라
도깨비바늘 꼭 잡은 채
철 늦은 안개비 속으로 빨려들고 있다

뚫어! 뚫어!

아궁이에 불 때던 시절
청솔가지로 불을 땔 때면
부엌엔 연기 가득 차
기침소리와 눈물이 끊이지 않았다
뚫어! 뚫어!
골목길을 외치는 목청 높은 소리는
부엌 사람들에게 고마운 존재
고래와 굴뚝을 시원하게 후비고 나면
불이 빨려 들어가 방도 따뜻하였다

지난해 건강검진을 하고서
심장 동맥이 막혔으니
빨리 시술을 해야 한다는 진단에
잠시 정신이 멍 하였다
조깅을 몇 키로 씩 해도 숨찬 일 없었는데,
한참을 버티다가 뚫기로 하였다
연기가 안 빠져
눈물 흘리며 쇠죽 끓이던 생각을 해보면
오래되어 때가 많이 끼었을 수도관을
진작 뚫어 전문가에게 맡겨야 했다
눈에는 보이지 않지만
마음은 한결 시원하다

공부 시간

모종삽 내려놓고
우유배달 소임도 빨리 끝내고 왔습니다.
손주의 재롱놀이를 즐기는 할머니 할아버지
정년을 뒤로한 아저씨 살림을 하는 아주머니도
잠시 짬을 내어 한자리에 모였습니다

동심으로 돌아가 눈이 초롱초롱 합니다
이마엔 주름이 생기고 머리엔 서리가 내려도
배우는 데는 아무 문제가 없습니다
모두 문학소년 소녀가 되어 연분홍 물감을 뿌립니다

꽃피는 들판에서는 한 마리 나비되어 날아가고
흰구름을 따라서 두둥실 꿈의 여행도 하고
고목에 온기를 불어넣어 새싹을 돋게도 하고
어린 시절의 사랑 이야기에는 영락없는 아이 얼굴입니다

금방 솟아나온 꽃봉오리가 아니어도
포송 포송한 솜털 얼굴이 아니어도
무명옷에 살포시 젖어드는 창포물처럼
연두색 봄 향기는 감출 수가 없습니다

또박또박 써 내려간 한자 한자는
더욱 빛을 더하고
얼음장 밑으로 흐르는 여울물은 쉬지 않습니다

혼밥

먹을거리 한두 가지로 조용히 먹는다
소리 내며 먹어도 나무랄 사람도 없는데,
묵언 수행자 같이
반찬도 별다른 게 없다

식당 안에 누가 있는지 살펴보고는
혼밥 자리 찾아 조용히 앉는다
맛이 좋은지 고개 숙여 빨리 먹고는
옆도 돌아보지 않고 문을 나선다

혼밥하는 시간이 잦다
아이 키울 땐 밥시간에 정신이 없었는데,
지금은 가끔씩 아내와 단 둘이고
혼밥에 이력이 났다

취업 준비생, 욜로족 청춘
공부에 바쁜 공시족 외톨이
늘그막의 혼밥 체험을
일찍부터 배우는 게 오히려 다행이지

몽롱한 밤

잠이 오지 않았다
눈을 감고 잠을 청하는데
오만 생각이 떠오른다
어린 시절의 일들
생전 경험하지 못한 일까지도

세상 걱정은 혼자 다 하는가?
힘을 주어 눈 감으니 따가운 눈물만 난다
옆 사람이 깰까봐 조심조심 방을 나왔다
우유 데워 한 모금 마시니
은근한 열기만 올라왔다
이번엔 잠을 청하는 담금주 한 잔
달콤한 맛에 당기어 또 한 잔 하니
눈은 더욱 말똥말똥 했다
석 잔 넉 잔
취해서 쓰러질 것을 생각하니 즐겁게 잔이 비워졌다
패트병이 반으로 줄어들자
잡생각은 빠져나가고 몽롱한 기분으로 채워졌다
눈이 감기기 전 다리가 먼저 접혔다

자연의 이치

어리지도 않은 나무가
가로수에 줄지어 서 있다
바람이 불면 넘어질까 봐
버팀목 셋이 삼각기둥으로 꽉 붙들고 있다
죽은 나무 세 그루가
산 나무 하나를 위해 머리를 맞대고

알곡 다 바치고 난
콩깍지 고춧대 옥수숫대도
거름되고 불쏘시개로 소임을 다했다

산자는 이승, 죽은 자는 저승
이분법으로 서툴게 구분은 잘 지어도
산 자와 죽은 자의
교감하는 자연의 이치
너만 모른다

제3부

그대는

여행 길

설레는 마음으로 떠난 여행

새로운 사람을 만나
새로운 이야기를 듣고
새로움에 눈을 뜨고
새로운 마음을 충전한다

새로운 것을 보고
새로운 음식을 맛 보고
새로운 추억을 담아
새로운 마음으로 돌아온다

난 오늘도
꿈꾸는 가슴에 담아올
새로운 여행길을 나선다

난실 향

눈길을 줘야 한다
난이 목마른지
잎에 먼지 덮여 숨쉬기는 힘들지 않은지
거름이 필요한지 진딧물에 고생을 하는지

쓰다듬어 줘야 한다
혼자가 일상이었던 바위 틈 아기 난도
자태가 달라지고
잎새 끝자락 노란 줄무늬 되살아난다

불러줘야 한다
이름을 불러주면
영롱한 찬이슬에 윤기 흐르고
고귀한 꽃 쏙 내민다

칭찬해 주어야 한다
꽃 대궁 아래 숨겨놓은 물주머니를
온몸으로 뽑아 올려
난실 향으로 방안 가득 채운다

감꽃

화려한 실루엣 연출이나
라일락 향기 품지 않았지만
도톰한 연분홍 입술 헤벌레 웃는 모습이
머리에 항아리 인 다소곳한 우물가 처녀이다

아장아장 걸을 때부터 좋아해
키 큰 감나무에 달린 것 본적도 없으면서
감꽃을 줍겠다고
누나 따라 나선 동네 골목길

똑 떨어지는 꽃을 보고
병아리도 쪼르르 달려와
한바탕 감꽃 줍기 경쟁도 벌어지고
긴 볏짚으로 하나씩 끼워나가면
드디어 감꽃목걸이 주인공이 되었다

뜨거운 장독대 위에서
뻐꾸기 울음소리 몇 순배 돌고나면
꼬들꼬들 곶감같이 검붉게 익어
꼬르륵 꼬르륵 소년에게
달짝지근한 맛으로 응답하던 감꽃
아직도 기다리고 있겠지

여름휴가

더워서 숨이 막힌다
배낭을 메고 산으로 바다로 달려간다
도로마다 길게 줄지어선 차량 행렬

휴가가 되면
친구와 연인 함께 꿈의 계획을 세운다
할머니 할아버지와 함께하는 나들이는
보기만 해도 아름답다

백사장과 지평선을 바라보며
철썩이는 파도에 맡겨진 튜브타기
파라솔 아래의 다정한 모습
햇빛보다 눈부시다

시원한 산골바람 맞으며
계곡물에 발 담그면
싸아 냉기가 온몸을 적셔
첨벙첨벙 물장구치는 아이가 된다

수박 한 통이면 어떻고 컵라면 한 사발이면 어떤가

사랑하는 사람과 나누는 옛이야기 도란도란
별똥별 되어 아기의 꿈속으로 잦아든다

각시나방도 거들겠다고 모여들고
모기도 시샘하며 앵앵거리지만
여름밤의 행복은 깊어간다

하얀 장미

간밤에 내린
차가운 이슬을 머금고
더욱 영롱한 빛이 났습니다

풋풋한 싱그러움에
다가섰지만
당신을 꺾지는 못하였지요
뾰족한 가시 때문만은 아닙니다

혹,
흠결이라도 날까봐 겁이 났지만
용기를 내어 살짝 손을 올려봅니다
갓난아기 같은 보드라운 살결
어머니 품같은 따스함에
꼼짝없이 그 자리에 묶였습니다

아지랑이 샘솟는
봄날의 그리움은
꼬물거리는 손놀림에서
시 한 편이 되었습니다

순백 향기에
넋을 잃은 나비 한 마리
진한 그리움만 가득 담고
돌아섰습니다

나팔꽃 연서

팔월 염천에
떠오르는 태양과 함께
너는 오롯이 움츠린 몸을 일으키고
힘주어 나팔을 펼쳤다

들어주는 이 없어도
네 나팔에는 소리없는 연주가 끊이지 않고
아무도 보아주는 이 없어도
그늘진 네 얼굴에 환한 빛을 보내 주고
아무도 말 걸어 주는 이 없어도
기쁨과 사랑의 메시지를 전해준다

비록
아침부터 저녁까지
하루의 풋사랑에 지나지 않지만
누가 몰라줘도
아무도 가지 않는 왼쪽 길을 선택하여
가시덤불도 오르고 담장에도 올라
잎으로 사랑의 하트를 표현하는 열정
넌 오늘도 뜨거운 사랑을 노래한다

산다는 게 얼마나 좋은지

가고 싶은 곳을 마음대로 갈수 있다는 게
보고 싶은 사람을 만날 수 있다는 게
말동무 할 사람이 옆에 있다는 게
감사한 마음을 전할 수 있다는 게
얼마나 좋은지 모른다

꼭
다리가 아파봐야
혼자가 되어봐야
정신을 잃고 헤매어 봐야만 아는가

햇살

감천을 휘감은 새벽 안개 뚫고나와
난초 끝에 매달린 물방울 영롱한 빛을 내고
늘어진 거미줄 당겨 팽팽하게 손질한다

홍시 맛에 푹 빠진 불개미 감나무에 오르고
산란의 고통으로 초주검 된 메뚜기
발가락 꼼지락거리며 굽은 등 일으킨다

끝물 고추 무말랭이 볕 쪼이러 나올 때
처마 끝에 달려있는 곶감 분 살아나고
지팡이 짚은 할머니 문지방을 나선다

아카시아 향연

5월의 산과 들은 초록바다이다
그 중에
유난히 돋보이는 하얀 꽃동네가 있다
천지에 달콤한 향기를 뿌리고
주렁주렁 매달린 꿀주머니를 열어
사방의 손님을 청하고 있다

어릴 때는 가까이 오지 못하도록
가시로 찔러 미움을 사더니만
봄날을 축하하는 화려한 잔치
골짜기에 차고 넘쳤다

개코가 아니라도 꿀 향기에 끌려
마시고 또 마셔
배가 터질 지경이 되었고
왕왕왕왕 꿀벌도
하루종일 신이 났다

황사에 찌들어진 오염된 가슴
쓴맛에 취해진 입맛이
봄날의 잔치 덕분에
좀 되 살아나려나

우지마라 두견새야

산 그림자가 내려올 때
두견새는 슬피 울었다

어두워졌다고
먹이가 없다고
누울 곳이 없다고
걱정하지 마라

사랑하는 이가 떠났다고
긴긴밤 혼자서 외롭다고
날갯죽지에 바람이 들어온다고
서러워하지 마라

세상에 나올 때는
누구나 혼자이다
뒷산 바위 틈새에서는
외로운 다람쥐 너를 기다리고 있고
앞산 밑에는
태양이 떠오를 준비를 하고 있다

너는 계곡의 선율을 그려주는 맑은 영혼이다

그대는

그대의 향은
갓 피워낸 난의 물방울 향기입니다

그대의 얼굴은
방금 길어올린 물동이속의 아기의 웃음입니다

그대의 숨결은
박주가리 솜털 씨앗이
내 어깨위에 살짝 앉은 여행입니다

그대의 사랑은
넝쿨장미 아치속으로 빨려드는
한 쌍의 나비입니다

그대는
유리창 넘어오는
환한 햇살입니다
샘물처럼 솟아나는 세로토닌입니다

억새풀 연가

기름지고 좋은 땅
남에게 내주고
산비탈 척박한 곳 모여 살지만
천사 옷 품은
연약한 허리 감출 수 없다

여치를 품어주는 친절과
풀밭의 이야기로 활력도 주지만
억세다고 괄시 받고
제 잘못으로 손 베여 욕을 먹어도
가을이 오면 긴 목 빼내어
꼿꼿이 솜꽃을 피웠다

황혼이 물드는 해질녘
소슬바람 손짓에
잘 빗은 머릿결
하얀 속살 드러내며
이별 노래 부른다

지평선

하늘, 바다

천둥 번개 울리며
폭풍우로 휘몰아치는 하늘

허연 거품 토해내며
하늘을 삼켜버리는 바다

갈매기 도망 간지 오래
피난길 떠난 배 기척이 없다
고래 싸움에 새우 등 터지고
깜빡이던 등댓불 피멍이 들었다

어둠이 가시면

사투의 광기 사라진
포세이돈의 후예
실금으로 그어진 지평선
잘 지키고 있다

아직 멀었습니다

선생님
삼 개월이 금방 지났습니다
늘 선생님의 가르침을 생각하면서
건강하게 살겠습니다

한글도 제대로 못 배웠다지만
삐뚤삐뚤 정성 다해 쓴 편지
사십 년 전 제자도 아닌데
가슴을 울렸다

이제
기억도 가물거린다며
편지 내미는 구순의 할머니
"백 오십은 아직 멀었습니다"라는 말에
저승꽃 사이에서 미소가 번졌다

평균나이 85세
우체국 작은 대학교 학생들의
초롱초롱한 눈빛
동심에 갇힌 삼 개월은
포근하고 행복한 날이었다

통통배의 꿀잠

새벽바다 눈뜰 때
만선의 꿈 싣고 항구를 나섰다
파도의 일렁임에 기운을 얻어
갈매기 응원소리에 닻을 올렸다

오늘의 기상은 이상이 없겠지
꽁치떼 황금어장은 어디 있을까
다른 배들과 거리도 둬야겠지
풍어의 그물질 속으로 항해를 한다

고기잡이 할 때나
휴식을 취할 때나
늘 파도에 흔들리는 통통배의 운명
오롯이 썰물 때만이
자맥질하던 거친 숨소리도
무거운 육신도
갯벌에 착 달라붙어 꿀잠을 잘 수 있다

어부 아저씨 오수의 달콤함이 이보다 더할까

금계화

금빛나는 화려한 모습으로
속 다 드러내고 웃어 보여도
먼 곳에서 왔다고 다가오지 않는다
많이 보여주고 싶어 지천에 깔려
피고 또 피어도
눈길조차 주지 않는다

무더운 여름날
상쾌한 기분을 선사하고 싶어
어디에서나 예쁜 꽃으로 단장을 하는데
이 꽃은 천지 삐까리라네 라며
괄시하는 듯한 말을 하여도
금계화는 이해할 수 있단다

해바라기 장미같이
제 이름을 건 축제 한 번 없어도
사방에 꽃만 피울 수 있다면
제발,
낯설다고 뽑아버리지만 말아다오
초록 풀밭에 금색 웃음을 날려 줄께

제4부

한가위 선물

석 줄의 편지

코로나로 일 년 만에 찾아온
유치원 다니는 손녀
손에는 예쁜 카드 쥐어 있었다

말하기가 부끄러웠던지
앞에 쑥 내밀며
읽어 보세요 했다

할아버지 건강하세요
할아버지 사랑합니다
할아버지 아프지 마세요

응석만 부려대더니
또박또박 써 내려간
단 석 줄의 편지로
할애비 마음을 다 빼앗았다

러브레터를 처음 받았을 때의 심쿵
이보다 더했을까

이제서야 압니다

사랑이 꽃피던 시절에는
내 곁에 있어 주고
나를 바라보며
늘 내 이야기를 들어주기를 바랐다

힘든 고개를 오르던 중년시절
외롭고 우울한 마음 보여주기 싫었을 때
더 힘내라고 채근하기 보다
꼬치꼬치 캐묻는 자상함 보다
조용히 지켜봐 주었으면
돌아눕는 서운함도 멈추었을 것이다

남은 길의 동행은
이심전심의 당신과 함께
불타오르는 석양을 바라볼 수 있기에
그리워하는 필름을 쌓을 수 있었기에
아름답고 행복했다는 것을

이제서야 압니다

어머니

당신의 가슴에는
따뜻한 난로가 있습니다
눈동자에는
청아한 보석이 있습니다

당신의 자애 넘치는 미소는
고단한 삶도 녹여 줍니다
불사의한 힘은
희망의 빛이 됩니다

당신의 기원이 날개가 되어
하늘 높이 날아오릅니다

언제 어디서나
자비로운 미소로 지켜봐주시는 어머니
당신이 그립습니다

한가위 선물

민족의 대이동이 시작된 한가위
고속도로가 막히고
꼬리에 꼬리를 무는 차량행렬 끝이 없지만
우리 집은 강아지조차 조용하다

보름날 아침 조카들과 차례를 지냈다
큰집에 가면 조카들이 많아
어쩔 수 없이 할아버지로 불린다
마루 끝에 서서 절하던 때가 엊그제 같은데
지금은 맨 앞줄에 서 있다

제삿밥을 먹으려는데
딩동 하며 카톡에 온 선물
방금 태어났다는 외손자 사진이었다
떠들썩한 덕담 속에
음복주는 축하주로 바뀌었다

"셋을 어떻게 키우려나"
걱정하는 할머니도
입은 귀에 걸려있고
저녁까지 기다리지 못한 보름달
차례상 위를 차지하였다

형수의 뒷바라지

삼천 원을 빌리기 위해
마을을 두 바퀴나 돌았다
땀이 비 오듯이 흘러
삼베적삼은 이미 다 젖었다

유월의 햇빛 만큼이나
돈 가뭄이 심하던 시절
도시로 유학 간 시동생이
집에 오면 벌어지는 일이다

오천 원은 있어야 책도 사는데,
집에 와서는 삼천 원만 필요하다고 했다
제 자식도 자꾸 커 오는데
없는 살림에 시동생 공부만 챙긴다는
주변의 쑥덕임에도 개의치 않았다

형수의 뒷바라지로
꿈을 향해 달려왔던 시동생
어느새
붉은 석양을 향해
무거운 발걸음 옮기고 있다

산이 내려앉았다

산은
묵묵히
들어주고
지켜봐주고
하늘을 향하고 있다

어린 시절
등성이에 올라
메아리도 만들고
미끄럼 타기도 하고
배고플 땐 꽃도 따 먹었다

겨울엔
낙엽을 긁고
나무를 찍고 베고
추위를 녹이다가 산불도 내었다

그래도 아무 말 없던 산이
밤에만 울었다

늘
들어주고

지켜봐주던
하늘을 향하던 아버지도 그랬다

엄마표 보양식

겨울마다 찾아오는 불청객에
입맛을 잃고 자리에 누웠다
통탕거리는 소리가 들리더니
부엌에서 옛날 냄새가 풍겼다
누워있던 게 안쓰러웠는가 보다

별식을 준비했다하여 일어나 보니
지난밤 남았던 식은 밥 한 덩이에
시큼털털한 김치와 콩나물 어우러져
달콤한 맛을 내는 고구마 갱시기였다
얼마 만에 느껴보는 맛인지

배고픈 시절 새벽일 나갈 때마다
허기 채워주던 갱시기
오늘 큰 대접엔 얼굴도 안 비치고
그때 못 보던 버섯 당근도 들어있으니
이보다 더 좋은 건강식이 있을까

얼큰한 맛에 홀리어
두 그릇이나 뚝딱 비우니
콧물 나오던 감기도 맥을 못췄다

못 전한 인사

꽁보리밥 한 덩이에 무김치 한 조각
점심 굶고 저녁 때 먹는 밥맛은 꿀맛이다

중학교 유학시절 도시에서 시골집으로 오는 토요일 늦
은 오후 배고파서 버스에서 내리자마자 읍내의 누님 집
을 찾았다 부엌으로 불러들인 누님은 앞뒤도 재지 않고
밥 한 덩이를 내 왔다 찢어지게 가난하던 시절 시어머
니 시누이 시동생 충충시하에 시집살이 하던 누님이 언
감생심 밥 한 덩이를 불쑥 내어오다니, 눈치를 어떻게
받으려고?
동생은 부엌에 걸터앉아 허겁지겁 한 그릇을 뚝딱하고
집으로 발걸음을 재촉했다 누님은 그날 저녁을 필시 굶
었으리라

누님 댁을 찾았다 "누구세요?" 인사하는 사람은 있었지
만 누님은 없었다 흰 가운 입은 의사 아들도 대동 않고
거추장한 몸 덩이만 남겨 놓고 혼자서 여행을 떠난 것
이다 얼마나 재미있는지 돌아오려는 기약도 없고 밥 잘
먹었다고 인사 전하러 갔던 막내 동생도 못 알아보니
돌아오는 발걸음 떨어지지 않는다

삼대 이야기

아, 곱다 예쁘다
단풍잎에 감탄한 아이
책갈피에 꼽겠다고 몇 장을 집어 들자
어머니는
사진을 찍어주려고
아이를 나무 앞에 세우는데,

할아버지
이를 보고
조용하게 다가가

딸과 손녀와 단풍을
찰칵
휴대폰에 담았다

뒷담화

참 좋은 놈인데
멋진 놈인데 최고의 친군데,

참 나쁜 놈이다
아주 몹쓸 놈이다

영정을 뒤에 두고
훌쩍이던 친구들
부모님을 두고
먼저 떠나는 불효막심한 놈에게
저마다 한 마디씩 던진다

절절한 울음소리 달래려
속울음으로
이별 연습에 나서지만
굵은 눈물은 그치지 않는다

착한 놈도
가슴에 대못을 박는다

대나무 숲 이야기

고향 마을은 대나무 숲으로 싸여 있다

낮에는
동네 꼬마들 모여서
연살 다듬고 낚싯대 만드는 놀이터
밤에는
뒷산의 꿩 비둘기 보금자리
바람 이야기는 끊어지지 않았지

시집살이 힘든 새댁
쓰레기 버리러 가 눈물 훔칠 때
하소연 들어주며
맞장구 쳐 주었지

지금도 이따금씩
가슴에 묻어두었던 이야기를
쏟아내는가 보다

다 품어주기가 힘 부치는지
구멍 뚫린 대나무 숲속
감추어진 이야기 마을로 내려온다

놀이기구 만드느라
너무 많이 베어서
큰 벌을 받고 있다

수소 풍선

어머니를 따라나선 시골장
커다랗게 웃는 얼굴이 그려진
수소 풍선에 반해
몇 번이나 치맛자락을 당겨
겨우 손에 넣었다

풍선을 흔들며
신나게 장 구경을 하다가
부풀어 오른 느슨한 마음에
그만 끈을 놓쳐 버렸다

"그거 하나 못 징겨서"
어머니의 목소리도
허공으로 날아가고

구경이 그리워
풍선에 올라탔던 아이
지금도
내려올 마음 없는지
하늘 위로 날고 있다

설익은 낙엽

소슬바람에 이끌려 강변길을 걸었다
공원 벤치에 앉아
코스모스 너머 파란 하늘 위
하얀 솜덩이의 조화에
푹 빠져보는 여유를 가져본다

툭
누가 코끝을 쳤다
아직
붉게 익지도 않은 낙엽 하나
가을 서신을 보내왔다

이틀 후
피붙이 하나가
설익은 채로 떨어졌다
한 이불속에서 자랐던
성질 느긋하던 장조카
제 몸 가누기 얼마나 힘들었으면
그리 급하게

사랑이 머물던 곳

남녘에서 불어오는 봄비
혹독한 추위도
말라붙었던 담장 위 이끼도
봄 색깔을 드러내었다

껑충껑충 마당을 휘젓던 송아지
마루 밑에서 크게 짖어대던 복실이
병아리 이끌고 구석구석을 헤집던 어미닭
마당의 주인자리 치열하다

둥지 떠난 온기를
콘크리트로 꼭 덮어 놓았지만
갈라진 놀이터 틈 사이엔
바랭이가 차지한 지 오래다

뒷마당 옥수수는 어디를 가고
청려장이 급한지
키 큰 명아주들이 차지하였고
세월의 무게에 힘 부친 대문은
한두 번 여는 데도 앓는 소리 내고 있다

버들개지 유혹에 이끌려 간
꿈속의 둥지는
문지방 드나들던 파릇한 이야기로
식어가는 가슴을 지펴주었다

주례사

축하를 보냈습니다
몇 마디 당부를 했습니다
행복한 가정을 그리며

아들 딸 많이 낳아
가문을 일으키고
나라를 번성시켰으면,

나의 욕심을 기원했습니다
내가 할 일은 이것밖에 없었습니다

내 몸의 옹이

나는
햇빛이 잘 드는 곳에서
물과 양분을 받으며
무럭무럭 자라고 싶었다

새싹이 돋을 때에는
찬바람이 시샘 하고 가뭄이 찾아 왔다
무성하게 뻗어나고 싶은 여름철에는
쏟아지는 소나기와 태풍에 갑시고
황금빛 열매를 자랑하고 싶을 땐
어느새 병마도 함께 하였고
지친 팔다리 내려놓고
낮잠이라도 즐기고 싶을 땐
설한풍이 흔들어 깨웠다

팔이 부러지고
속 파인 자국 선명하지만
아직도
석양의 숨소리 잘 듣고 있으니,

게으른 농부

바랭이 우거지고
벌 나비 사라진지 오래된 밭에
길을 잃었나
외롭게 핀 코스모스 한 포기
길쭉한 허리에
하늘 향해 분홍 우산 펼치고
노란 분가루에 검은깨 뿌린 꿀단지로
가을 잔치 열었다

보랏빛 카드를 받았나
은은한 향기에 끌려왔나
웅웅거리며 달려온
허기진 벌 나비
꽃송이마다
입맞춤 해주는 열정에
내일의 꿈은 영글어가고

무 배추 한두 이랑에
앙상한 들깨송이 허허로운데
어디서 맛보랴
너의 꿀맛과 꽃구경을

제 5 부

아담의 후예들

흐린 날에는 창을 닦는다

하늘이 우중충하다
파전에 막걸리 한 잔 하며
친구와 떠들어 대면
우울한 마음이 풀리려나

창밖을 내다보니
그리운 사람이 떠오른다
평소에는
한 번도 생각나지 않았는데,

희미한 모습으로 다가오지만
누군지 알 수 없다
혹 선명한 얼굴이 보일까
입김 불어 빡빡 문질러 보지만
뽀드득 소리만 낼 뿐이다

멍하니
보이지 않는 하늘을 그려보는 사이
촉촉해진 눈시울
어머니가 살짝 다녀가셨다

순진한 친구

연일 폭염이 쏟아져
조금만 움직여도 땀이 줄줄 흐른다
방콕에서 멍한 상태로
뜨거운 빛을 피하고 있는 중
딩동하고 문자가 왔다
"이 또한 지나가리라"

참을성 부족한 친구
솥뚜껑 더위 잘 이겨내라는 진심이
윌슨 스미스의 시로 전해왔다
눈물나게 고마워
즉시 응답하기를

찜질방에서
땀 빼며 잘 지내고 있네

이 더운데 찜질방까지?
와, 대단하다!

방에 누워있다는 걸 모르는
순진한 친구에게
빙설 이모티콘을 날린다

아담의 후예들

비방하고 헐뜯기를 얼마나 하였으면
집밖으로 나올 때
입을 꼭 봉하고 나와야 할까

원하지도 않는 이에게 다가가
얼마나 괴롭히고 추근거렸으면
거리두기를 명 받았을까

깨끗하지 못한 더러운 손으로
얼마나 오염시키고 훼손을 하였으면
씻고 또 씻으라 할까

자연의 순리를 거스린 아담 후예들
허물어지는 거대한 성
통곡의 울림 가득하고서야
참회하는 아둔함이여

우리의 자화상

전동킥보드가 자전거를 쓰러뜨렸다
킥보드는 인도에 당당히 서 있으나
자전거는 부서져서 도로에 널브러져 있고
주인은 땅바닥에 큰대자로 누워 있다

저녁에 나선 산책길
어둠이 깔리기 시작한 시간
몇 사람이 도로에서 웅성거리는 모습이
방금 사고가 난 것 같았다
전동킥보드가 자전거를 케이오 시킨 것이다

전동킥을 탄 청년은
다친 곳이 없는 듯 어디론가 전화를 하고
서성이던 사람들은
제발 크게 다치진 않아야 할 텐데...
걱정스런 눈으로 지켜보았다

두 발 힘으로 달리던 자전거
전기로 달리는 전동킥보드를
도저히 이길 수 없었나 보다
뒷전으로 밀려나는 아날로그 세대
우리의 자화상이었다

해

따뜻해서 좋다

뜨겁다
오래 마주하면
새카맣게 된다

네가 보여야 할 때
보이지 않으면
내 마음은
어둡다

아름다운 손길

하숙하던 젊은 시절
밥심으로 일 한다며
밥 한 주걱 더 퍼주던 식당 아주머니

허겁지겁 달려오던 신입사원을
엘리베이터 버튼을 누르고
조용히 기다려주던 선배

폐지 가득 담긴 힘든 리어카를
뒤에 살짝 다가와
천천히 밀어주는 하굣길 학생

코비드19로
고향을 찾지 못하는 걸 알면서도
눈길은 동구 밖에 두고
골목길을 비질하는 할아버지의 손길

연등 피어오르다

사월 초여드레 밤
보름달을 대신하여
연등행렬이 강변도로를 밝혔다
어둠에 싸인 중생의 인도와
길 찾는 차들에게 길잡이가 되어 주려는지

물고기 사는 직지천에도 부처님의 자비가 펼쳐졌다

도로 위에는
동그란 모양의 연등이 줄을 이었지만
지하 욕계를 위한 연등은 배려심이 남다르다

송사리 둥지에는 아담하고 봉긋한 등
잉어와 메기가 사는 곳에는 넓고 둥근 등
무명이 가득한 깊은 물속에는
길쭉하고 커다란 연등이 피어 올랐다

물고기 법회에
옵서버로 참석하는 원앙새 한 쌍의 무희에
용궁성을 향한 연등행렬도 함께 춤을 추었고

밤길이 외롭지 않게 연등탑도 멀리서 지켜보고 있다

미처 몰랐습니다

이전에는
자유로웠습니다
마음대로 쏘다니며 멋대로 행동하였습니다
만나면 반가웠습니다
여럿이 모여 즐겁게 떠들었습니다
그것이 행복인 줄 알았습니다
행복이 영원한 줄 알았습니다

이후에는
불안한 날이 지속됩니다
집콕이 잦으며
갇혀지내는 날이 많습니다
사람이 모이는 곳은 더욱 겁이 납니다
반가운 만남인 데도 손을 내밀지 못합니다
서로를 믿지 못하는 것 같아 두렵습니다

마스크를 안 쓰고 나가면
벌금을 매긴다고 합니다
백신을 맞아도 힘들기는 마찬가지입니다
이전과 이후의 세상
이렇게 다른 줄 미처 몰랐습니다

저승사자

하지의 태양은
곡식도 사람도
빨갛게 익힌다

공이 하늘로 솟구치는 그라운드
화려한 외출이 아닐지라도
꽃무늬 파라솔에 몸을 맡긴 차도녀
눈코만 빠끔하게 뚫린 마스크로 무장한 조깅족
하얀 분칠로 민낯 도배한 아저씨는
자외선 보호막에 한시름 놓았다

전등 나간 화장실에 들어간 분칠 아저씨
'아―'
경기驚氣하는 아이들 소리에
홍당무 되어
도망가는 저승사자 되었다

'난 저승꽃을 잡으러 왔는데'

천 길 낭떠러지

하늘에서 떨어져 보았는가
절벽에서 떨어져 보았는가
산산조각이 될 거라고
하늘 위에서 내려다보는 절벽은 두렵고 무섭다

낭떠러지 아래를 가보았는가
거기에는
풀숲을 위한 젖줄이 흐르고
물고기 친구들과 모여 살고
벌 나비 꽃과 사랑 맺어 주는 평화로움도 있고
먹이 행렬이 이어지는 개미들의 부지런함도 있다
하늘에서 잠시 놀러왔던 선녀도
사랑을 배우며 정 붙이고 살았다

천 길 낭떠러지는 없다
내 마음에만 있는
누구나 살만한 곳이 천 길 낭떠러지다

제 각각

으슥한 골목길에서
실례하는 모습을 본 젊은이
에이, 저게 뭐야

지나가던 여학생
아악,
소리 지르며 달아난다

아이 손잡고 나온 어머니
함께 고개 돌리고
나들이 나온 할머니
쯧쯧쯧

나도 한마디
오죽 급했으면

커피 천국

커피 한 잔 하러 나섰다
이디야 탐엔탐스 카페베네 커피베이 더벤디
스타벅스 토프레소 엔젤리너스 더카페 더착한 커피
커피점이 이렇게 많다니,
연화지 주위에 두 집 건너 음식점이
두 집 건너 커피점으로 바뀌었다

빌딩가 거리의 점심시간
모두가 커피잔을 들고 다닌다
점심을 먹고 커피를 마시는가
점심으로 커피를 마시는가
이제 우리나라도 커피 천국이 되었다
개나 소가 커피 마실 날도 곧 오겠지

언제쯤

움직이기가 싫다
몸이 늘어지고
가만히 있어도 땀이 줄줄 흐른다
마스크 벗고
편안히 방안에 누웠는 데도

스멀스멀 해진 생각
띵한 머리 식히려
시원한 바람을 불렀더니
윙하는 기계소리로
부채질하였다

얼음골 샘물로
목물하던 시절에는
나무 그늘에서 낮잠도 잘 잤는데,

티브이에선
폭염주의보가 내렸다고 부추기고
두 명 이상 모이지 말라는 엄명에도
코로나는 콧방귀도 안 뀌고
말복 까마득하니
등허리에 식은땀 송송하다

가난하지 않다

새벽에 뜯어온 나물로
좌판 펴놓은 할머니
이천 원 짜리 나물 한 바구니 산 새댁에게
덤으로 한웅큼 담아준다

등굣길 여학생
아스팔트 갈라진 틈새 핀
민들레 한 송이 보고
고운 눈길 보낸다

양로원 침대에 누워서도
봉사하러 온 아주머니에게
미소 건네는 할아버지

구두 뒤축은 많이 닳았지만
퇴근길 군고구마 한 봉지 안고
달려오는 아빠의 가슴

자신도 힘들면서
친구의 넋두리에 맞장구 쳐주는 이
결코 가난하지 않다

아직 청춘이지

구름에 가려진 봉우리는
도전할만한 꿈
전력 질주의 얼굴엔
푸른 서기 어린다

가파르고 힘든 오르막길
목이 마르고 다리가 아파도
오르고 또 오르고
아름다운 꽃내음의 유혹에도
몸 내어줄 여유 없다

단내 나며
올라선 팔부 능선
알밴 장딴지와
발바닥의 물집은
빛나는 훈장으로 남았다

골바람도 잠자고
액셀러레이터 힘이 부쳤지만
정상을 향하는 나는
아직 청춘이지

그곳에 가면

처음 오신 손님 반가울 사
단골 손님 고마울 사
식탁 서너 개의 안방같은 아늑함
찾아든 손님들로 웃음꽃 넘쳐난다

비빔밥 새알수제비 된장찌개
갓버무린 배추김치부터
입맛에 맞는 엄마표 사랑
무엇이든지 즉석에서 뚝딱 해결
도깨비 방망이가 따로 없다

운동으로 땀에 흠뻑 젖은 몸
찜질방에서
몸이 뜨거워진 이들에겐
시원한 빙설 한 그릇이면
발끝까지 다 식혀준다

착한 가격에
반찬 하나라도 더 챙겨주는 푸근함
입가심으로
감주 한 사발 들이키는 웃음 띤 얼굴에
안주인의 후덕함이 배어 나왔다

오월의 나무

뭉게구름이 피어오른다
나무가 있는 곳에는 천지가 뭉게구름이다

한겨울 가지만 앙상하던 오리나무 꿀밤나무도
연록의 풍선을 나무기둥에 매달고
노란 연기를 흩날리는 독야청청 소나무도
넓은 바다를 향해 구름을 띄운다

아득한 먼 산에
어린 시절의 희미한 꿈이 어른거리고
몽실몽실한 연둣빛 뭉게구름 덩어리
아지랑이 되어 산을 들어올린다

풋풋한 오월 바람에
초록의 꿈 퍼 올리는 뭉게구름
두둥실 실어가는 하늘의 풍선구름
꿈의 앙상블을 이룬다

등대

썰물 따라 밀려나온 군상들
북극성을 향한 간절함에도
네온빛 블랙홀로
쏟아지는 별똥별 되었다

악다구니 질러대는
핏대 세운 경적소리
카오스의 숲 그늘에서 맴돌고

안개 갇힌 바다 속에서
길 없는 길 찾느라
동공이 얼어붙은 돛단배
갈매기 울음소리에 정신줄 찾았다

태초의 우주 불덩이
은하계 태양계로 운항하듯
거친 파도 품으며
미혹의 세계 밝혀주는
너는
길손맞이의 혜광

해설

스토리텔링 시법으로 탐색하는 인생의 진실

스토리텔링 시법으로 탐색하는 인생의 진실

– 최영환 시집 『네 이름을 불러주마』

김 송 배

(시인·한국문인협회 자문위원)

1. 세월과 동행하는 내 인생 혹은 운명

현대시 읽기에서 중점적으로 살피는 것이 소재와 주제뿐만 아니라, 상황 설정과 전개 그리고 어떤 언어로 어떻게 표현하는가 하는 문제를 살피는 일일 것이다. 시는 언어의 함축이라서 언어의 예술이라는 말까지 등장하고 보면 우리 시인들이 작품 전개과정에서 도출하는 주제가 어떤 어조로 메시지를 전하고 있느냐의 작품과정의 현장을 중시하는 경향이 있다.

가령 예를 들면 감상적인 미사여구(美辭麗句)로 독자들 곁으로 다가갈 것인지, 아니면 설득력 있는 잠언처럼 시인들이 추구하려는 인본주의(humanism)를 피력할 것인가가 우리 시인들의 시 창작에서의 고뇌라고 할 수 있을 것이다.

최영환 시집 『네 이름을 불러주마』의 작품들을 일별

하면서 우선 다가오는 어휘들은 일상생활에서 수반하는 "세월"과의 정감적인 언어들이 그의 인생이나 운명 등을 메시지로 적시하고 있어서 그가 이 세월에서 발견하는 인생 즉 자신의 존재문제까지 담론하는 특성을 간과(看過)하지 못한다..

　그는 "올해도 새잎이 돋아나는 감천의 수양버들/ 바람이 불면 부는 대로 흔들리고/ 비가 오면 오는 대로 흠뻑 맞는 그 모습/ 일곱 고개에 다다르자/ 선히 눈에 들어오네(「왜 몰랐던가」 중에서)" 라는 어조와 같이 "일곱 고개"라는 시간성을 의식하면서 바람 부는 대로, 혹은 비 오는 대로 흔들리면서 흠뻑 젖어있는 자신의 형상에서 세월을 다시 인식하고 있는 것이다.

　　얼마나 긴 세월을 이겨내고
　　먼 여행을 하여
　　많은 이들의 관심 속에
　　한 모금을 위해 탄생하였다

　　이레 밖에 못산다는 매미도
　　하루만 산다는 하루살이도 있지만
　　한 번의 목축임에 내 인생 걸었다

　　혹여 두 번 쓰는 할머니도 있지만
　　그건 너무 욕심일 게다

　　번쩍이는 좌석은 언감생심

따뜻한 커피 한 잔에
홍조 번지는 모습에
난 일회용 컵이란 것도 잊어버린다

첫 키스의 여운이 가시기도 전에
휴지통으로 던져지는 운명이지만
커피 한 잔에 목숨을 건 이
누가 있더냐

-「일회용 컵」 전문

　최영환 시인은 "긴 세월"과 "먼 여행"을 통해서 "내 인생"을 걸고 지금까지 삶을 영위해온 자신을 성찰하고 있는 것이다. 그는 이러한 인간들의 운명을 가용(可用) 기간이 끝나면 휴지통에 버려지는 모습과 유사한 비유는 어떤 새로운 가치관을 제시하고 있어서 공감을 유로(流露)하고 있는 것이다.
　우리 인간들의 유용성(有用性)이 세월과 함께 종료되면 모두가 제자리로 돌아가는 형태의 시법을 '일회용 컵'에서 용도폐기의 이미지를 구사하고 있다. 그는 작품 「아직 멀었습니다」 중에서도 "이제/ 기억도 가물거린다며/ 편지 내미는 구순의 할머니/ "백 오십은 아직 멀었습니다"라는 말에 "저승꽃 사이에서 미소가 번졌다"는 요즘 100세 시대의 수명에 대한 순응을 수용하는 메시지가 세월과 생명에 대한 외경심이 발현되고 있는 것이다.

어린 시절
청소하다가 주운 새 연필 슬쩍 가진 적 있었고
시골 담벼락에 손닿은 감홍시를 따먹은 적 있었고
새벽 등굣길 빨간 신호등일 때 뛰어간 적도 있었다

젊은 시절
월급봉투 명세서 고쳐본 적 있었고
술이 거나했을 때 전봇대 향해 실례한 적 있었고
길가는 예쁜 여인 곁눈질로 훔쳐본 적 있었다

살면서
잘못이 없이
허물이 없이
아리랑 고갯길을 넘어보지 않은 사람 어디 있으랴

석양을 화려하게 물들이려는 꽃이면
다 용서가 되지 않겠는가

－「용서」 전문

　여기에서는 살아가면서 화해해야 할 다양한 삶의 애
환들을 용서해야 한다는 메시지가 명징(明澄)하게 적시
되고 있다. 이러한 그의 세월은 '어린 시절'과 '청년 시
절' 등 과거의 삶을 회상하면서 존재를 인식하고 거기
에서 생성한 다채로운 체험들이 사소한 과오에서 현현
되지만 그는 결론적으로 "살면서/ 잘못이 없이/ 허물이
없이/ 아리랑 고갯길을 넘어보지 않은 사람 어디 있으

라"라는 자인(自認)의 어조로 "석양을 화려하게 물들이려는 꽃이면/ 다 용서가 되지 않겠는가"라는 자성(自省)으로 이 세상의 모든 허물과 "용서"라는 화해의 시법에서 우리는 그의 삶에 대한 진정한 의식의 정립을 이해할 수 있게 한다.

최영환 시인의 뇌리에는 이처럼 많은 번민과 고뇌들을 용서하고 이제는 "가고 싶은 곳을 마음대로 갈수 있다는 게/ 보고 싶은 사람을 만날 수 있다는 게/ 말동무할 사람이 옆에 있다는 게/ 감사한 마음을 전할 수 있다는 게/ 얼마나 좋은지 모른다// 꼭/ 다리가 아파봐야/ 혼자가 되어봐야/ 정신을 잃고 헤매어 봐야만 아는가"(「산다는 게 얼마나 좋은지」 전문)라는 화합의 인생론을 들려주고 있어서 세월이 그에게 교시(敎示)하는 잠언(箴言)이라고 할 수 있을 것이다.

2. 보편적 의식을 관류하는 '나'의 지향점

최영환 시인은 그의 의식의 흐름을 관류하는 일상적인 정서가 '나'를 중심축으로 하는 시적 사유의 결집이라고 할 수 있을 것이다. 그는 작품 「이제서야 압니다」에서 "남은 길의 동행은/ 이심전심의 당신과 함께/ 불타오르는 석양을 바라볼 수 있기에/ 그리워하는 필름을 쌓을 수 있었기에/ 아름답고 행복했다는 것을// 이제서야 압니다"라는 어조와 같이 이제서야 안다는 인식으로 자신의 작금(昨今)의 입지(立地)를 통해서 생존해 있음을 자각하게 된다.

그는 이러한 자아 인식의 형상이나 형태는 다양한 일상적 생활에서 보편적으로 나타나는 것으로써 그가 사유의 중심축을 형성하는 것은 지금 현재의 삶에 대한 상황이나 계획된 일의 진행 중 다채로운 변화에 대응하는 심리적인 관념의 지향점이 무엇인가를 확고하게 정립하는 계기가 될 것이다.

구름에 가려진 봉우리는
도전할 만한 꿈
전력 질주의 얼굴엔
푸른 서기 어린다

가파르고 힘든 오르막길
목이 마르고 다리가 아파도
오르고 또 오르고
아름다운 꽃내음의 유혹에도
몸 내어줄 여유 없다

단내 나며
올라선 팔부 능선
알밴 장딴지와
발바닥의 물집은
빛나는 훈장으로 남았다

골바람도 잠자고
액셀러레이터 힘이 부쳤지만

정상을 향하는 나는

아직 청춘이지

　　　　　　　　－「아직 청춘이지」 전문

　그렇다. 그는 아직도 '도전할 만한 꿈'을 위해서 전력
질주를 하고 있다. 그러나 삶의 행로에는 "가파르고 힘
든 오르막길/ 목이 마르고 다리가 아파도/ 오르고 또 오
르고/ 아름다운 꽃내음의 유혹에도/ 몸 내어줄 여유 없
다"는 단호한 결심으로 삶에 대한 각오를 천명(闡明)하
고 있어서 그가 잠시 망각했거나 태만했던 삶에 대한
고뇌와 난관을 이제사 인식하고 인내를 요구하는 심중
을 이해하게 된다.
　그는 결론으로 "정상을 향하는 나는/ 아직 청춘이지"
라는 인식으로 그의 명징(明澄)한 존재의 지표를 정립하
고 있어서 우리들 공감의 영역은 확대되고 있는 것이다.
더구나 그는 "지난해 건강검진을 하고서/ 심장 동맥이
막혔으니/ 빨리 시술을 해야 한다는 진단에/ 잠시 정신
이 멍 하였다/ 조깅을 몇 키로 씩 해도 숨찬 일 없었는
데,/ 믿기지 않아 사진도 찍어보고/ 버티다가 결국 뚫기
로 하였다/ 연기가 안 빠져/ 눈물 흘리며 쇠죽 끓이던
생각을 해보면/ 오래되어 때가 많이 끼었을 수도관을/
진작 뚫어 전문가에게 맡겨야 했다/ 눈에는 보이지 않지
만/ 마음은 한결 시원하다 (「뚫어! 뚫어」 중에서)"라는
당면한 고통의 악몽에서도 전문가를 만나서 뚫었다는
스토리는 감동적이기도 하다.

이전에는
자유로웠습니다
마음대로 쏘다니며 멋대로 행동하였습니다
만나면 반가웠습니다
여럿이 모여 즐겁게 떠들었습니다
그것이 행복인 줄 알았습니다
행복이 영원한 줄 알았습니다

이후에는
불안한 날이 지속됩니다
집콕이 잦으며
갇혀 지내는 날이 많습니다
사람이 모이는 곳은 더욱 겁이 납니다
반가운 만남인데도 손을 내밀지 못합니다
서로를 믿지 못하는 것 같아 두렵습니다

마스크를 안 쓰고 나가면
벌금을 매긴다고 합니다
백신을 맞아도 힘들기는 마찬가지입니다
이전과 이후의 세상
이렇게 다른 줄 미처 몰랐습니다

　　　　　　　－「미처 몰랐습니다」 전문

　최영환 시인의 인식은 바로 여기에서 절규하듯이 표
출하는 '미처 몰랐습니다'라는 어조에서는 지금 현재에
는 알게 되었다는 전제로 요즘 우리들을 위협하고 있는

괴질(怪疾) 코로나에 대한 예방으로 백신을 맞은 후에 처하는 상황을 알게 되는 그의 현실을 적시하고 있는 것이다.

그는 지금까지 자유롭고, 마음대로 쏘다니며 친구를 반갑게 만나는 것이 행복인 줄 알았는데, 또 그것이 영원한 줄로만 알았는데 마스크와 백신으로 예방한 이후의 세상은 "이렇게 다른 줄 미처 몰랐습니다"라는 긍정적인 인식으로 전환하는 현실적 현상에서 그는 자아를 인식하면서 어려운 상황들을 잘 극복해야 하는 의식의 감도(感度)가 절실하게 현현되고 있는 것이다.

또한 그는 "티브이에선/ 폭염주의보가 내렸다고 부추기고/ 중앙방역대책본부에선 / 두 명 이상 모이지 말라는 엄명에도/ 코로나는 콧방귀도 안 뀌고/ 말복 까마득하니/ 등허리에 식은땀 송송하다(「언제쯤」 중에서)"는 그의 현실 감각은 바로 경각심의 메시지를 던지는 시의 사회성 혹은 시사성의 한 단면이다.

이러한 그의 사유는 '나'를 인식하면서 부닥치게 되는 상황에서의 극복의지가 단호한 자아의 확인하는 시법이 공감을 흡인하고 있는 것이다.

3. 어머니와 가족들의 사모(思慕)의 정감

최영환 시인에게서 강렬하게 감응할 수 있는 것은 '나'의 존재의식에서 가장 중심적인 영역을 차지하는 부분인 '어머니'를 필두(筆頭)로 해서 전 가족에 대한 사모의 정감이 광범위하게 그의 내면에서 재생되고 있다는 점이다.

그는 시적 화자에서 할머니를 비롯해서 아버지, 형수와 시동생, 누님, 손자, 외손녀와 조카 등 전 가족과의 실생활(real life)에서 감득(感得)하는 불망(不忘)의 정표(情表)들이 작품으로 형상화하는 것을 간과하지 못한다.

그는 이러한 사모의 정감은 그가 언제나 그리움의 대상인 고향에서부터 나오지만 그곳엔 항상 어머니와 가족들이 그의 심중을 떠나지 못하고 있다. 고향과 어머니 그리고 가족들과 접맥하는 체험은 그가 살아오면서 존재의 정념에서 재생하는 인생의 진실임을 절감하는 것이다.

그는 "지금도 이따금씩/ 가슴에 묻어 두었던 이야기를/ 쏟아 내는가 보다/ 다 품어주기가 힘 부치는지/ 구멍 뚫린 대나무 숲속/ 감추어진 이야기 마을로 내려온다(「대나무숲 이야기」 중에서)"는 추억의 고향에서 신화처럼 전해지는 "감추어진 이야기"들이 그의 작품으로 승화하고 있지만 특히 '어머니'는 영원불멸의 존재로 각인되어 있는 것이다.

당신의 가슴에는
따뜻한 난로가 있습니다
눈동자에는
청아한 보석이 있습니다

당신의 자애 넘치는 미소는
고단한 삶도 녹여 줍니다

불사의한 힘은
희망의 빛이 됩니다

당신의 기원이 날개가 되어
하늘 높이 날아오릅니다

언제 어디서나
자비로운 미소로 지켜봐주시는 어머니
당신이 그립습니다

— 「어머니」 전문

　최영환 시인은 그의 곁에서 "자애 넘치는 미소"와 자애로 그를 지켜주시는 어머니는 "고단한 삶도 녹여" 주던 진정한 그리움의 대상이다. 대체로 어머니에 대한 이미지나 상징은 나의 생명을 탄생시킨 모태(母胎)에서 생존의 의미를 부여한 신성한 존재로 남아 있어서 우리는 이러한 사모곡(思母曲)에 흡인되고 있는 것이다.

　그는 어머니의 "불사의한 힘은/ 희망의 빛이" 되고 어머니의 자식을 위한 애틋한 "기원이 날개가 되어/ 하늘 높이 날아오"르는 그의 진정한 사모의 의식은 그의 작품에서 진실로 발현되고 있어서 공감을 확대하고 있는 것이다.

　다시 "희미한 모습으로 다가오지만/ 누군지 알 수 없다/ 혹 선명한 얼굴이 보일까/ 입김을 불어/ 유리창을 빡빡 문질러 보지만/ 뽀드득 소리만 낼 뿐이다// 멍하니/ 보이지 않는 하늘을 그려보는 사이/ 촉촉해진 눈시울/

어머니가 살짝 다녀가셨다"(「흐린 날에 창을 닦는다」 중
에서)는 어조에서는 어머니를 그리워하는 사랑의 메시
지를 읽을 수 있게 하고 있다.

別식을 준비했다하여 일어나 보니
지난밤 남았던 식은 밥 한 덩이에
시큼털털한 김치와 콩나물 어우러져
달콤한 맛을 내는 고구마 갱시기였다
얼마 만에 느껴보는 맛인지

가난하던 시절 새벽일 나갈 때 마다
후루룩 마셔 허기 채워주던 어머니
배고픈 시절을 질리게 하던 갱시기
멸치대가리 하나라도 건질 때면
왕건이 찾았다고 기쁨에 젖기도 하였다

오늘 큰 대접엔 얼굴도 안비치고
그때 못 보던 버섯 당근도 들어있으니
이보다 더 좋은 건강식이 있을까
                         – 「엄마표 보양식」 중에서

보라. 최영환 시인은 그가 겨울 불청객 콧물 감기에
앓아 누웠을 때 어머니가 지어주신 '보양식'에 대한 감
응이다. 우리들이 흔하게 대할 수 있었던 과거의 생활상
이 적나라하게 현현되고 있어서 당시 삶의 모습이 재현
하는 스토리의 절정이다.

그는 '가난하던 시절'의 애환이 송두리째 표출되고 있어서 우리를 숙연하게 만든다. 그는 '식은 밥 한 덩이'와 '김치와 콩나물 어우러진' 달콤한 '고구마 갱시기'가 오늘은 '엄마의 보양식'으로 형상화하고 있어서 어머니의 사랑은 영원히 그의 시에서는 진행 중이다.

최영환 시인은 "어머니를 따라나선 시골장/ 커다랗게 웃는 얼굴이 그려진/ 수소 풍선에 반해/ 몇 번이나 치맛자락을 당겨/ 겨우 손에 넣었다 (「수소 풍선」 중에서)"는 정경에서도 어머니와의 정감은 더욱 그의 작품에서뿐만 아니라, 생존의 이유에서도 그의 인생적 가치관 형성에서 지대한 원류(源流)가 되고 있음을 이해하게 된다.

이처럼 어머니에 대한 사랑, 이외에도 다음과 같이 가족들에 대한 애정으로 넘쳐나고 있는 것이다.

>   - (할머니) 끝물 고추 무말랭이 볕 쪼이러 나올 때/ 처마 끝에 달려있는 곶감 분 살아나고/ 지팡이 짚은 할머니 문지방을 나선다(「햇살」 중에서)
>   - (아버지) 늘/ 들어주고/ 지켜봐주던/ 하늘을 향하던 아버지도 그랬다(「산이 내려앉았다」 중에서)
>   - (손녀) 코로나로 일 년 만에 찾아온/ 유치원 다니는 손녀/ 손에는 예쁜 카드 쥐어 있었다(「석줄의 편지」 중에서)
>   - (외손자) 제삿밥을 먹으려는데/ 딩동 하며 카톡에 온 선물/ 방금 태어났다는 외손자 사진이었다/ 떠들썩한 덕담 속에/ 음복주는 축하주로 바뀌었

다(「한가위 선물」중에서)

- (시동생) 형수의 뒷바라지로/ 꿈을 향해 달려왔던
시동생/ 어느새/ 붉은 석양을 향해/ 무거운 발걸
음 옮기고 있다(「형수의 뒷바라지」중에서)

4. 계절의 순환에 따른 이미지의 변화

최영환 시인은 자연과 계절의 순환에서 파생하는 다
양한 생태의 변화를 통해서 창출하는 이미지가 다채롭
다. 그는 그 계절의 섭리에 따라 표정을 달리하는 자연
현상에서 교감하는 그의 시적 상상력과 거기에서 생성
하는 순정적인 서정이 발현되고 있다.

그는 이러한 서정적인 친자연관에서 만유(萬有)의 현
상에서 감득하는 시적인 주제는 그의 정서에서 예외일
수 없는 중요한 근간을 이루고 있어서 그의 인생적인
지향점은 언제나 순수하고 정갈한 이미지를 발현하고
있는 것이다.

대체적으로 친 자연의 소재와 거기에서 창조되는 주
제는 우리 시정신의 요체인 휴머니즘에 입각한 진선미
(眞善美)의 범주에서도 아름다움에 기초한 시법을 많이
응용하고 있는데 주로 사계절과 동반하는 미적인 사물
에서 취택하여 우리 인간들과의 정감적 정서로 현현되
는 경우를 많이 대하게 된다.

늦봄의 기운에
핑크 빛으로 꽃불 붙은 황매산

형형색색의 등산복과 어우러졌다

배고픈 시절
참꽃을 따 먹느라 산을 헤매다가
주홍 글씨 자국으로 보라색 입술을 남겼고
너는 먹을 수 없는 개꽃이 되었다
겨울엔
불쏘시개가 되어
몸뚱아리가 잘리고 천시받던 나날들
속이 다타 텅 비었겠지
꽃잎이 저리 붉게 물들자면
얼마나 피눈물을 흘렸을까

전국 곳곳에서 벌어지는 철쭉 축제
축하한다 철쭉아
이제야 네 이름을 불러준다

너는 폰 속의 주인공으로 돌아왔다
                    ―「네 이름을 불러주마」 전문

　　최영환 시인은 이 시집의 표제시가 되는 「네 이름을
불러주마」에서 그는 이러한 계절의 이미지는 우선 늦봄
황매산 등정의 정경으로 상황을 설정하고 '배고픈 시절'
산에 지천으로 피어있는 참꽃을 따먹으면서 참꽃과 개
꽃에 대한 대칭적 현상을 토로하고 있다. 어찌보면 이러
한 사유는 이 시집 전체를 관류하는 정감적인 주제와도

별개가 아니라는 점을 이해하게 한다.

그는 "꽃잎이 저리 붉게 물들자면/ 얼마나 피눈물을 흘렸을까"라는 어조에서 알 수 있듯이 그는 철쭉축제에서 "이제야 네 이름을 불러준다"는 어조로 자연의 생존과 인간의 애환이 '늦봄'과 '겨울'의 계절적인 이미지를 상호보완적으로 현현하고 있어서 그의 깊은 자연관을 읽을 수 있게 한다.

이렇게 사계절에 대한 그의 사유는 다음과 같이 나타나고 있음을 알 수 있다.

- (봄) 회색빛 들판이 연두색 자락을 깔면/ 봄기운 감도는 밭이랑/ 농부의 발길 재촉하고// 북풍만 맞이하던 나뭇가지/ 새벽 안갯속 햇살 받아/ 노랑 빨강 분홍빛으로 치장을 한다(「그가 찾아오면」 중에서)
- (여름) 쏴아, 청년의 기세로 쏟아지는 소나기/ 두두둑 두두둑 처마 끝/ 목관악기 두드릴 때면/ 심술부린 먹구름 폭풍우로 돌변했다(「여름 교향곡」 중에서)
- (가을) 알록달록 자랑하던 단풍잎/ 어젯밤 내린 비에/ 가로수 아래쪽 몇 개만 남긴 채/ 다 떨어졌다/ 찬바람 불어도 쓸려가지 못하고/ 밟혀지는 모습 애처롭다(「비에 젖은 낙엽」 중에서)
- (겨울) 혹여, 감기 들새라/ 엄마는 아기 포대위에 덮개 하나 더 씌어주고/ 코트 깃 세우고/ 종종걸음으로 퇴근하는 아버지 사랑에/ 호빵 김이 방

안 가득 피어 난다(「겨울채비」 중에서)

이 밖에도 작품 「새봄의 노크」 「철늦은 봄눈」 「처서를 보내며」 「입추」 「백로」 「가을빛 내리기 전에」 등등에서 계절의 향훈이 담뿍 풍기는 그의 내면에 잠재한 정서가 시적 진실로 적시되고 있는 것이다.

팔월 염천에
떠오르는 태양과 함께
너는 오롯이 움츠린 몸을 일으키고
힘주어 나팔을 펼쳤다

들어주는 이 없어도
네 나팔에는 소리없는 연주가 끊이지 않고
아무도 보아주는 이 없어도
그늘진 네 얼굴에 환한 빛을 보내 주고
아무도 말 걸어 주는 이 없어도
기쁨과 사랑의 메시지를 전해준다

비록
아침부터 저녁까지
하루의 풋사랑에 지나지 않지만
누가 몰라줘도
아무도 가지 않는 왼쪽 길을 선택하여
가시덤불도 오르고 담장에도 올라
잎으로 사랑의 하트를 표현하는 열정

넌 오늘도 뜨거운 사랑을 노래한다

- 「나팔꽃 연서」 전문

다음은 계절 중에서도 활기 넘치는 사계절에 대한 서정에서 꽃에 대한 그의 착목(着目)은 예사롭지가 않다. 그는 나팔꽃뿐만 아니라, 감꽃, 하얀 장미, 금계화, 아카시아, 억새풀 등 많은 화훼류가 등장하여 그의 서정적 이미지를 발현하고 있는 것이다.

이처럼 꽃들이 간직한 이미지는 다채롭게 나타난다. 이는 그 꽃들이 내미는 꽃말이나 꽃전설 등이 상당한 시적 발성법을 변화시키고 있음에 기인한다. 꽃은 무조건 아름답다가 아니라 그 미감에서 탐색하는 인간애가 바로 작품의 주제로 승화할 때 진정한 시의 진실이 되는 것이다.

이 나팔꽃도 "들어주는 이 없어도/ 네 나팔에는 소리없는 연주가 끊이지 않고/ 아무도 보아주는 이 없어도" 언제나 "기쁨과 사랑의 메시지를 전해" 주면서 "넌 오늘도 뜨거운 사랑을 노래한다"는 그의 의식은 아름다움과 사랑이 접맥하는 우리들의 희원(希願)이며 기원일 것이다.

이제 최영환 시집 『네 이름을 불러주마』 읽기를 마무리한다. 최영환시인은 서정시인이다. 그는 영국의 비평가 리츠저가 말한 바와 같이 우리의 일상생활의 정서생활과 시적 소재 사이에는 차이가 없다고 했다. 이러한 생활의 언어적 표현은 시적인 기교(technic)를 사용하는 것이므로 시적인 소재나 주제는 먼 곳에 있지 않고 주변상황에서 얼마든지 활용이 가능하다는 점은 이 시집에서 스토리텔링으로 동행하면서 이해할 수 있을 것이다.

다만, 시는 아름답기만 해서는 모자라고 우리들의 마음을 흔들어서 영혼을 뜻대로 이끌어나가야 한다는 호라티우스의 유명한 「시론(詩論)」도 경청(敬聽)해야 할 것이다.

앞으로 더욱 좋은 시 많이 창작하기를 기원하면서 축하를 보낸다. ✒

최영환 시집

네 이름을 불러주마

1판 1쇄 펴낸날 2022년 3월 22일
지은이 / 최영환
펴낸이 / 김송배
펴낸곳 / 도서출판 시원
등 록 2000.10.20. 제312-2000-000047호
03701. 서울시 서대문구 연희로 11사길 16-4
전   화 : 010-3797-8188
E-mail : ksbpoet@daum.net
Printed in Korea ⓒ 2006. 시원
찍은곳 / 신광종합출판인쇄
배부처 / 책만드는집 (Tel 02-3142-1585)
04022. 서울시 마포구 양화로3길 99. (지하)

ISBN 978-89-93830-50-7 03810

값 / 12,000원